그늘마저 나간 집으로 갔다

고선주

시인의 말

불면의 시간들
포말처럼 흩어져 가는 기억들
뜨겁거나 차갑거나
아무렇게 놓인 일상들

삶이
물먹은 솜뭉치처럼
제 무게에 가라앉던 날

꽃과 악수하는 법을 잊어버렸고,
밥알의 힘을 망각한 채
오후가 가지런한 이유마저 몽롱해졌다

노트북 자판 앞
언어들이
심란하다

긴 꿈에서 막 깨어났다

2022년 12월

고선주

그늘마저 나간 집으로 갔다

차례

3부 북적북적한 사람들 사이 파닥거림

해설

1부
너를 보니 먼지가 수북해
오늘은 어때

이를테면 반품
―영풍문고에서

꼿꼿한 사각의 기억에 갇힌 채
너덜너덜 해진 생의 페이지들과
오후 내내 쓰린 위장
그리고 빛바랜 피부
게처럼 기어 다닐 듯한 검은 발자국
단 한 번도 멈추지 않고 팔딱거렸던,
탈탈 털어내면 다 쏟아져 버릴 것 같은 너의 영혼
밤이면 욱신거리는 시간들
선풍기 바람에 펄럭펄럭 쉽게 넘어가는,
어제의 생과 오늘의 생
자판의 강렬한 부딪침 끝
하얀 수의 같은 에이포 위로 새겨지던 활자들
공기처럼 코로 스며 오는 잉크 냄새 아직 그대로인데

누군가를 만나서
한때 잘나가는 생 꿈꾸었지만
고약스런 사람을 만났거나
고독사할 만큼 선택받지 못한 생들은

모두 버려졌다
단 한 페이지 분량의 삶도 넘겨지지 못한 채
덮어져 버린,
아파하는지도 모른 채
줄을 마구 긋거나 낙서를 해 생채기를 조장했던,
귀퉁이를 포스트잇 삼아 무례한 언변을 늘어놓았던,
몇몇의 그들
눈이 없고, 귀가 없고, 입이 없을 거라는 생각을 한 것 같은데
못 보고, 못 듣고, 말을 못 하는 척했을 뿐이다
대개 말이 넘쳐나는 세상 말 없음으로 말을 한 것이니

먼지를 뒤집어쓰면서까지
구차하게 책꽂이에 꽂혀
까딱까딱 숨이나 쉬어 볼 요령은 부리지 않기로 했다

바람에 날리는 꽃씨만큼이나

가볍게 서고에서 아웃되던 날
너를 보니 질기던데
오늘은 어때

이를테면 반품

무등의 화가
—춘설헌*에서

무등을 힘겹게 끌어다
화면으로 옮겨 놓았다
무등으로 살았으면서

아무리 보아도
직선은 없다

늘 직선을 그으며 살아왔는데

먼 산봉우리 아무리 선을 그으려 해도
도저히 직선을 찾을 수 없다

오르락내리락
서로 밀고 당기며 가는 저 능선들

곡선이 아스라이 흘러내린다

직선처럼

뾰족하게 살아온,
내 마음속으로

삶은

구상이었다가
추상이었다가
반구상이었다가

오묘한 붓질의 시간들

오를 언덕마저 없는,
저 산은
오래도록 그려도
끝내기 어렵겠다

도무지 한 폭의 그림이 나오지 않는 날
나른한 무등에 오른다

* 春雪軒: 전남 진도 출생 의재(毅齊) 허백련(許百鍊, 1891~1977)이 해방 직후인 1946년부터 타계하기까지 31년간 머물면서 남종화의 마지막 걸작들을 남긴 집이자 작업실.

안락의자

모두들 흔들리지 마라고만 말하네
누군들 흔들리고 싶은 사람 있을까
지금까지의 삶은
세상으로 인해 흔들렸다기보다
내 안의 무언가가 나를 흔들었기 때문이다

물여울이 일면
그 파장이 삽시간에 주변으로 퍼지는 것처럼
삶의 파동들은 자주
나를 심하게 흔들어댄 것 아닐까

되레 흔들리지 않기 위해
어느 날 집에 흔들거리는 안락의자 하나 들여놓았다

누가 말해 준 것 아닌데
안락의자에 앉아
꾸준하게 흔들거리며
낮 동안 흔들거리지 않기 위해 조여 놓았던,

몸과 마음에 박아 됐던 나사들을 빼낸다

집 밖에서는
흔들거리지 않기 위해 온 힘으로 버팅기고,
집으로 돌아와서는
드라이버로 나사를 풀듯
조였던 나를 푸는 것이다

눈을 감았는데도
흔들거리며 오히려 중심을 잡아 간다

하나의 흔들거림인데
왜 밖에서는 흔들리면 안 되고
집에서는 사정없이 흔들려도 되는 걸까

난 여전히 안락의자 위에서
흔들거리는 삶을 즐기는 중이다

사계에 대한 아포리즘적 정의

꽃이 얼굴 붉도록 수줍어했던 것은
대지가 겨우내 입었던 두꺼운 옷을 벗었기 때문

그늘이 움직이는 것은
햇빛 스스로 뜨거워서 몸을 뒤척였기 때문

산야에 단풍이 드는 것은
머지않아 혹한이 올 것을 알고 초록 색감을 뺐기 때
문

온 세상에 하얀 눈이 내리는 것은
때 묻지 않은 사람들이 추워서 떠는 일 없기를 희망
한 때문

초긍정의 힘

*

길을 잃었다
미로에서
내게 칭찬해 주었다
잘 잃었다고,
늘 헤매던 시간
말벌 한 마리 만났다
외로웠지만 너는 아니었다
보기 싫어 냅다 뛰었다
쫓아왔다
허공에 발 디딘 주제에
어딜!
그러던 순간 몸이 넘어갔다
하마터면
말벌의 몸을 더듬을 뻔했다
소름이 돋았다

**

그때
종이
사정없이
소리를 뱉어냈다

은밀한 몸을 뚫고 들어와
혈액처럼 못 가는 곳 없이
끈끈하게 돌아다녔다

***

그날 휴대폰은
어찌 그렇게 심하게 울어대던지
부·고·였·다
전화가 대수냐고
하마터면
내가 나의 부고를 띄울 뻔했다

잠의 접시

그것이 깨졌다
누군가는 산산이 깨져야 했다

하필
접시 위 묵 같은 일상 올려놓았다
그래도 자존심은 있지
흐물흐물했을 뿐 부서지지 않은,
사각의 링 위에 오른 복서처럼
싸워 이겨야 했던 지난 시간들,
눈뜬 채 누인다

때로는 누군가의 곁가지를 쳐 주고
뒤돌아서서는 심한 내상을 입는다
이런 날은 생각이 많아져
잠은 애시당초 포기해야 한다
다만 눕기는 한다
누웠다면 잠이 싫지는 않다는 거다
눈 감았지만

세상이 라이브로 돌아간다

나이 한 살 한 살 먹을수록
잠은 깊어지지가 않는다
동화 같은 세상이
어느 순간부터 팩트만 있는 세상으로 바뀐 때문이다

어느 날
접시에 면발처럼 가닥을 추린 시간들
올려놓았다
먹음직스러운 소스로 비벼 놓았다
잘 집어 먹으면 될 일을

우리네 삶처럼 쉽게 깨져 버린다고
살살 다룰 것을 주문했건만
빡빡 문지르는 바람에
겨우 잠에 들었으나
접시보다 먼저 꿈이

깨져 버렸다

핏기 없는 몸뚱아리,
어둠을 뒤적거렸다

편도선 유감

편도선이 또 말썽이다

사나워진 너를
쓰담쓰담 했으나
결국 거북목처럼 목이 두꺼워졌다

아픈 말과 생각의,
통증을 몇 겹으로 말아 놓았을 뿐이다
부어 있는 오후를 깨워 본다

꼼지락거릴 수 있도록 해 준
항생제,
요즘 몸 안에서 자주 반항한다

항생제가 듣지 않는 오십 언저리
오늘도 말을 듣지 않을 것 알면서
조제 받으러 간다

틈만 나면 뻑뻑해지는 목,
소리들은
철근 조각처럼 바닥에 튕겨져 튀어 오른다

잘못 삼켜진 말과 생각 꺼냈다고
처방전에 분명 적혀 있다

조금만 늦었다면
말과 생각 도려낼 뻔했다 한다
그 말 듣고도
사무실에서 일을 밀어붙여야 했다

해는 날마다 돌아가면서도
밝음을 까먹지 않는데,
다람쥐 쳇바퀴처럼 돌아가는,
나의 일상은 늘 암전 천지다

편도선이 가라앉지 않는 날

몸은 기억한다, 깊이를 잴 수 없는 통증의 깊이

겨우 눈만 떴다가
다시 눈을 감은 아침
안되겠다,
알약을 꿀꺽 삼켰다

아프지 않았던 기억과
애인이랑 데이트하던 기억과
휴가 떠나 당당하게 퍼졌던 기억이
버무러진 명약

편도선이
귀신같이 누그러졌다

햇빛 꼬집다

베란다 유리창과 며칠째 사투 중이다

햇빛의 물살이 거세다
출렁출렁 구불구불
몸은 구토가 일고 머리는 어지럽다
삶은 그렇게 흘러가는 것

거머리처럼 눈과 몸으로부터
너를 떼어내고 싶지만
단단히 붙어 버렸다

소파 어디에도 앉을 수 없다
너를 피해 식탁으로 옮긴다
맛있는 시식, 할 수 없다

너란 뜨거운 존재

상처가 나자

그늘이라는 딱지가 입혀졌다

해탈문 앞에서

해탈문 넘나들어도
욕망의 두께가 얇아지지 않아

부처 세상 눈감아 버린 채
물질을 욕망하든, 말든

수행하지 않은 채
도량에 있든, 없든

불법을 망각한 채
깨침의 세계에 가든, 가지 않든

사리사욕에 눈먼 채
명상하지 않은 눈으로 보든, 말든

상·관·없·다

해탈문의 안과 밖,

속세와 부처의 법계, 기막힌 경계

해탈문 넘나들어도
욕망의 두께가 얇아지지 않아

목어木魚 소리 심란한 날

소음의 탄생

고요가 드디어 임신했다

고요의 배는 점점 불러 왔다
입덧은 심해졌고,
바람까지 먹어 치웠다

고요하지 않은 일상이다

마침내 고요의 양수가 터지고
신열이 온몸을 할퀸 후
소음이 태어났다
입술을 바짝 문 채
소음의 몸을 처음 대면했다

손과 발로 움켜쥔
작은 세상,
꼼지락거렸다

양볼을 스친 적막이 갈라졌다

어제처럼

　사무실 일은 폭우 때 하천처럼 넘쳐흐른다 그런데 하천을 들여놓은 나는 범람하지 않았고, 붕괴하지 않았다 파김치 돼 돌아오는 날 많아도 집에서 결코 전사할 수 없는 고행이 기다려 이를 악물고 양성평등을 실천하지 가사라는 증거를 세워야 했고, 예전에는 육아까지 해야 해서 삶이 물에 젖은 이불 같았어, 마르지 않는 현재는 제법 가벼워진 일상을 조심스레 다루고 있는 중 문득 드는 생각이 있어 모두들 내일과 미래만 보려 하고 외치는데 허기진 시간에 만족하지 못해서일 거다 오늘 무슨 일 일어나지 않게 하려면 풋풋했던 스무 살과 첫사랑이 봉인돼 있는 어제의 어제를 기억해 잔소리와 눈치, 투정이 비빔밥처럼 비벼져 있는 어제를 기억해 그것들만 시간의 전류를 타고 오늘로 넘어오면 감전되지 않고 불 밝힌 지금을 맞을 수 있을 거야

2부

골목길 끝 하늘 구겨 넣은 집 한 채

그늘마저 나간 집으로 갔다

쥐똥과 음식물 쓰레기, 가재도구, 가스통이 아무 데
나 버려져 있는

폐가 위 위태로운 오후의 해가 바람에 금방이라도 바
닥으로 굴러떨어질 듯

좌우로 흔들거린다 옆집 김 씨 할머니 허리처럼 휜 골
목, 중장비 소리가

빈집의 귀를 뚫어내던 날, 사람들은 주소만 떨어뜨려
놓고 뿔뿔이 흩어졌다

어떤 이는 신발을 그대로 내팽개치고 서둘러 신발 자
국만 데려갔다

적막한 마을에서 움직이는 것은 시계다. 시간만 째깍
째깍 폐허를 숨 가쁘게

증언한다 고지대 제일 위쪽 성경처럼 네모난 텃밭을
거느리던 작은 예배당,

삶이 공사판 같다는 주민 몇몇의 얕은 믿음의 두께
만 한 한쪽 벽체가 겨우 남아 있다

다행히 천장 벽은 남았는데 거기에 매달려 있던 십자
가 자국이 선명하다

십자가는 걸어 갔으나 매달렸을 때 함께 한 자신의
얼룩은 거둬 가지 못했다

예배당의 기도 소리가 묻어 있는 얼룩은 과일 씨앗처
럼 벽에 박혀

싹이 움트지 못할 고난주간을 보낼 일만 남았다. 간
혹 폐가들은 무단으로

출입을 금함이라는 명패를 달고 있다 가끔 폐가처럼
버려지고 싶던 내가

이 명패를 넘어가 막 떠나려던 그늘을 억지로 붙잡아
두고 술 한잔하며,

버려진 이불이 전부인 빈집에 머무른다 하늘을 아무
렇게나 구겨 넣은 빈집에서

빈 꿈을 꾸고는 개운해졌다

기억에서 매몰되던 그 집

흙집은 공평하지 않던 세상처럼 한쪽으로 기울어져
있다

바닥에서부터 지붕 처마가 너무 낮아 안에서 꾸는
꿈은 모조리

키가 작을 듯싶었다 꿈이 자라기 어려운 높이, 군데군
데 흙벽이 흘러내려

위태로운 삶이 기거할 듯싶지만 한없이 살가운 그 집,
마당과 텃밭과

장독대가 삶의 둘레였지만 근심이 그칠 날 없어 비만
오면

집으로 가는 길은 질척댔다 발이 폭폭 빠지는 마당
에는 움푹움푹 파인 삶,

오는 사람마다 흘려 놓은 발자국들이 아무렇게나 놓
여져 있다

심지어는 빗물이 고였고, 쪼개진 하늘 한 조각씩 두
둥실 띄워 놓고 있다

이 집의 어린 아들은 처마가 낮아질수록 점점 꿈을
키우더니 집을 떠났다

홀로 남겨진 노모는 걸걸하게 기침할 때마다 구멍 나 버린 가슴에

아껴 먹던 알약을 드밀어 넣고는 아이고 하며 숨을 몰아쉰다

늘 히말라야처럼 높은 고산만을 등반해야 했던 삶을 오르느라

숨이 찼던 것이다 삶의 베이스캠프는 방 두 칸, 한 칸은 창고로

쓰였고, 서너 사람 누우면 꽉 찰 만한 방 한 칸이 전부인 이 집에서

오래전부터 말년이 돼 버린 말년을 살아내고 있는 중이다

쥐들도, 뱀도 함께 기거하는 그 집은 오가는 사람 없다

괜히 옆 담벼락을 타고 가던 호박 넝쿨이 애꿎게 뻗어 들어오고

집 없는 집에서 살던 날의 단상
—허기진 조망

한참 올라야 나오는 집, 하루하루 더욱
가팔라지는 삶을 알았던 것일까.
한없이 아래로 아래로 떨어지는 일상도 서러운데
산동네 집으로의 귀가는
쓰디쓴 까나리액젓 한입 들이켠 듯하다

어떤 이는 대충대충 걸어도 당도하는 집이건만
나는 등산을 하다시피 오르고 또 올라야 집에 들 수 있다
이미 한낮에 직장에서 오르고 또 올라서
오늘은 더 이상 오를 곳 없는데

습한 날 골목에는, 구역질 나는 냄새가
물기 젖은 장작 태울 때 나는 매캐한 연기 닮았는데
사는 것이 지독할수록 냄새가 비례한다는 것을 뒤늦게 알았다

집으로 가는 골목, 날파리 떼가 홀로 서 있는

전봇대 희미한 가로등 옆에서 웅웅거린다
쓰레기 썩는 냄새가 진동했지만 강렬하게 살아 있다
는 것,
날마다 죽고 싶다고만 외쳐댔다

시멘트로 닦인, 단단한 골목길
여섯 살 때 사촌 동생이 큰집에 놀러 온다고 기었던
그 길
먼 훗날 삶은 조심조심 내디디며 가야 한다는 것을
알았을까

기역 자로 꺾이는 골목 끝자락
파란색 대문을 열면 우리가 세 들어 사는 한옥집
주인집은 뒷집이고, 세입자인 우리는 앞집이었다
밥이 나오지 않는, 허기진 조망권만이 주어졌다

주름살 깊게 패인 부모는 일찍부터 가파른 삶을 타
며

뭐가 그리 좋았을까

부글부글 끓었을 마음 가라앉히며 그래도 웃었다

암자에 오르다
—마음속 집

가파른 삶을 끌고 올라야

만날 수 있는 그 암자

세상은 크기로 사는 게 아니야, 라고 가르쳐 준

절벽 위 미동도 하지 않은 채

가부좌 틀고 앉은, 아담한 암자의 법당에는

온 생애 얼굴의 윤곽조차 보여 준 적 없는 바람

제대로 반죽되지 못한 한낮의 구름

정작 메말라 있다는 것을 알지 못한 어느 오후의 비

속이 허기진 새벽의 눈발

화가 많이 난 야밤의 천둥과 번개

꽃이 되지 못하고 뒤만 서성인 오전의 꽃가루들

　낮 동안 강렬한 햇빛 아래 나갔다가 녹초가 돼 해 질
녘 돌아온 그늘

　가을인 줄 모르고 온종일 지상으로 뛰어내린 나뭇잎
들이 모여 있었다

　해와 달, 그리고 별은

　오늘도 오지 못했다

그 집에서는 잠만 불러들였지

늘 어수선한 시간
가끔 들려오는 분주한 소리
꼭 나를 닮은 문
여닫을 때마다
삐걱거리며 아프다고 소란이다
너희들을 키워 놓은 죄다,를 수시로 되뇌던,
가쁜 호흡을 여기저기 인두로 새겨 놓은 부모
형과 누나의 자투리 시간만 기우다가
악만 남은 막내
흥행 실패한 흑백 영화처럼 모두 막을 내렸지
아등바등 사느라 딱딱해진 시간에
물을 부어 붓으로 풀어도
오방색 색감을 내는 삶을 만날 수는 없었지
하지만
비좁고 불편했던,
가난만 들여놓았던 옛집
그 집으로 돌아가
조각난 잠들을 붙여 놓고 싶은,

유년의 집

집은 없었으나
마음의 집은 있었습니다
집의 크기나 위치는 따지지 않았죠
그냥 태어나서 산 집이 초가였고,
그 초가가 나중에 기와로 바뀌었다는 것만 기억해요
시골살이는 없는 것 빼고는
다 있었습니다
흙집이었어도
흙수저라 생각 안 했구요
중학교 때 도시로 이사 나오면서
집 없는 사람 됐지요
갈 곳 없고, 부르는 곳 없어
산동네 세살이를 하게 됐는데
세 든 집에 화장실 딸려 있는 것 아니고
공동 변소를 써야 했지요
샤워실은 없고 공중목욕탕으로 가야 했죠
가족은 많고 방이 좁은 상하방에
도심지로 학교 나온 친인척들까지 함께여서

누워도 옆으로 누워야 겨우 잠을 청할 수 있었어요
물질 없이 사는 것에 익숙한 삶
허리가 휘었지만
늘 세상을 휘게 살려던 자식들
올곧게 키워낸 어머니가 없고
노동 현장에서 돌아와
아무 말 없이
사는 것이 얼마나 힘든 것인가를 곱씹었던,
아버지가 없고
한참 살 만해지니까
아들 둘 남겨 두고 세상을 떠난 형님 내외처럼
모두가 어디론가 떠나 버렸습니다
같이 끌고 왔던 시간마저 놓아 버렸구요
뿔뿔이 흩어져 살아가죠
일 년에 한 번 만날 둥 마는 둥 하는데
시간은 유년의 집을 철거시키는 중장비 같아요
나는 다시 돌아갈 수 없다는 것을 알면서도
마음속에는 그 유년의 집들이

문득 화살처럼 기억을 뚫고 날아드는 겁니다

장작불이 짓는 집
—법정 스님 입적식에 대한 회고

장작에 불을 놓는 일은
단순히 무엇을 태우자는 게 아니라
어서 가자는 것이다
잘 타는 듯 타닥타닥 소리를 내지만
사실 나무의 오장육부가
터지면서 나는 소리다
한평생 깃들었을
온 우주와 하늘도 함께 타들어 간다
지금 여기를 미련 없이 못 놓을 때는
지독한 연기로 몸부림까지 친다
허공으로 불꽃들이 날아오르는데
티끌보다 무겁게 살았다며
영혼이 빠져나가는 행렬

바람이
입적식에 들러 불을 쓰다듬으며
풍부하게 소유했기보다는
풍성하게 존재했으면 됐다*고 귀띔하며 위로를 건넨

다

입적식에서 고작 할 수 있는 것은
사진 몇 컷 찍고 물러나는 일뿐이다
그는 뜨거운 고행 끝 지어진 영혼의 집으로 갔고
나는 잘나간다는 건설회사가 지은 아파트로 돌아왔
다

* 전남 해남 출생으로 '무소유(無所有)'를 실천한 법정 스님
(1932~2010)의 『살아 있는 것은 다 행복하라』 중에서 발췌.

아늑한 집
—갯벌

기둥과 지붕, 창문, 대문이 없어도
그렇게 아늑한 집을 보지 못했다

시멘트 콘크리트와 철골로 지어
튼튼할 거라 했지만,
태풍 한 방에 휘어지고 기울어졌다
컨테이너 박스로 조립해
편하게 머무를 수 있었으나
생식 같은 여름과 겨울의 기운만 가득했다

바다가 보이는,
삶의 언덕보다 더 높은 곳에 짓고
강이 보이는,
메마른 가슴으로 흐르는 곳에 지었으며
산 정상 세상이 보이는,
하늘의 기운 받을 수 있는 곳에 지었지만
해풍과 산그늘과 운무 한 자락 담아내지 못했다

뼈대가 없으면서 무너지지 않고
불이 나도 타지 않는다
해일이 나도 쓸려 가지 않고
담을 더 높게 올리는 법 없다
모두 지하로 지어 내려가지만
그 흔한 수해 피해 하나 없다
갯벌에 지어진 수많은 집들에서
마음으로 지어진 집이
얼마나 강하고 아늑한가를 되뇌었다

야구장에서 집을 생각하다

지붕도, 창문도
따뜻한 방바닥도 없는,
마음이 아예 가지 않는 집
비가 오면 그대로 젖고
눈이 오면 그대로 얼어붙고
바람이 불면 그대로 통과하는 곳
그라운드에는
직구와 슬라이더, 너클볼, 커브의 날 선 끝이
끝을 향해 비수를 꽂는 일만 넘쳐난다
야구장의 집은 덕아웃
잠시 머물 뿐 들락날락할밖에 없다
그 많던 젊은 선수들
그라운드에서
안온한 집을 지으려 꿈꾼다
홈 플레이트에서 방망이를 들고 서서
날아드는 날 선 끝을 난타해
그라운드 끝으로 보내려 혈안이다
베이스라는 정글을 세 개 지나야

도달할 수 있는 홈
집인데 지붕도, 창문도 없다
십 초도 못 머무르고 빼야 한다

오래 머물 집
온통 그 생각뿐

집으로 가는 중

창백한 시멘트 길
회색빛 웃음과
까무잡잠한 손길
그 끝으로
해가 기울고
달이 차기 시작한
오후의 끝자락
충혈된 노을빛 하늘 끌고 가는
그림자마저
곧 쓰러질 듯 휘청인다

반려견 김밥마저 떠나고
홀로 남겨졌다
어쩌면
집으로 가는 중
세상 가장 슬픈 시간이다

한파를 점점 닮아 가는 날들

봄날이 한발씩 멀어지는 중년
누우면 다 집인 줄 알았으나
앞이 보이지 않는 동굴이다
식어 버린 밥처럼 식감이 없는
오후의 시간
적당히 실패한 어제의 나는
오늘의 나를 밀며
내일의 나를 향하지만
실상 그 자리 그대로인 삶

살아지지 않는 집에는
언제부터인가
살아지지 않는 삶이 기거하고 있다
이제
집이 없어도 집으로 가야 하고
집이 있어도 집으로 가야 한다
같은 집인데
너무 다른 세상

오늘도

집으로 가는 중

당도할 수 없는 그 집

그 집

형제가 많은 그 집, 모두들 부러워했다. 이 집을 나열하자면 의사만 넷. 한 명도 낙오되지 않은 그 집 형제들, 그 집 대리석 담벼락 옆 지날 때 기가 먼저 죽은 때 있었다. 20년 후 그 집 담벼락 옆을 거닌다. 지금은 폐가로 낙오됐다. 거미줄만 무성하게 쳐져 있다. 문턱을 넘나들던 발걸음이 수없이 휘감았을 대문에는 출입금지 빨간 글자 턱하니 붙여져 있다. 구린 냄새마저 난다. 여기저기 살림살이가 어지럽게 나뒹군다. 한때 잘나가던 집도 마지막은 흉측하다. 오래된 마을 전통을 지킬 것 같지만 일사천리로 재개발 조합 결성되더니 얼마 후 아파트가 들어섰다. 재개발은 재기불능의 개발이다. 있어야 할, 작고 소중한 것들이 일거에 흔적 없이 사라진다. 마치 한 시대의 유산이 사라지듯이. 어떤 마을은 통째로 사라졌고, 정들었던 이웃은 온데간데없다. 강제 폐쇄와 철거 후 대단지 아파트가 떡하니 들어선 것이다. 그 집도 보이지 않는다. 아마 저기 주차장 자리쯤 될 듯하다. 아스팔트로 눌러져 버린 그 집. 재개발 한 번에 흔적 없이 사라졌고, 마을 사람들 뿔뿔이 흩어져 떠나갔다. 때로는 남겨

둘 법하지만 골목의 그림자도, 거미줄도 모두 거두어 갔
다. 결국 그 집은 점점 기억에서 매몰돼 갔다.

빠른 집
—편지

집이 달립니다 온 가족이 아침 일찍 나설 때 집도 어디론가 달려갑니다 도무지 왜 달려가는지 알 수는 없지만 텅 빈 채 가만히 있다는 것이 너무 미안했던 모양이에요 그렇게 나가서 공원이나 산자락, 번잡한 도심, 학교 운동장을 돌아다니다 해가 지면 온 가족이 오기 전 먼저 제자리로 와 있는 것입니다 제자리로 돌아오는 것이 중요하지 않습니까 제자리로 돌아오지 않는다면 무슨 문제가 있는 것이겠지요 발도 없으면서 말처럼 날아가기도 하고, 거북이처럼 엉금엉금 오르막을 오르기도 하죠 말은 안 하지만 오늘 하루 온 가족이 밖에 나가 힘겹게 오르막을 올랐을 겁니다 뿔뿔이 흩어졌던 가족이 밤이면 지친 몸 이끌고 집으로 모여듭니다 다시 침묵과 공허가 흐릅니다 저마다 필요한 최소한의 말만 하고 자기 방으로 들어가 버립니다 바람처럼 말이죠 온다는 말도, 간다는 말도 없이 그냥 가 버리니까요 근데 이상하죠 집 근처 고속도로가 지나가요 수많은 차량들이 밤낮 가릴 틈 없이 오갑니다 멈추면 그들의 삶도 서겠지요 그래서 멈추지 않고 내달려요 침대에 누워 창밖을 보면 내달리기만 하는 삶이 보여요 저러다 언젠가 구를 텐데라는 생각이 들죠 가만 누워 있는 것도 재주가 된 세상이군요 고속도로 인근 집에 살다 보니 늘 꿈은 내달리기만해요 멈추면 그대로 끝날 것 같은 아찔함이 있습니다 꿈도 함부로 못 꾸지만 모처럼 꿈 한번 꿀라치면 몸이 먼지처럼 붕 떠올라 어디론가 내달려 굴러 버릴 것 같아늘 먼저 잠을 흔들어 깨우곤 하죠.

3부

북적북적한 사람들 사이 파닥거림

北과 book

北이라 쓰고 book이라 읽어 봅니다

분단된 것은 北이고
분단을 새겨 놓은 것은 book이었으니까

北을 입에 올렸다가
한때 교도소에서 book을 읽었다지요

한민족이라고 외쳤다가
빨간 북이라고 몰린 book이 처참하게 찢기구요

그래서 北이라 쓰고 book이라 둘러댔다는데

北을 만나러 갔다가 만나지 못하고
허구한 날 book을 만나고 돌아왔다는 말씀입니다

맨날 book에 새겨진 北이 질리기 시작할 무렵

문득
book에서 北을 읽지 않아도 되겠다 싶었어요

남南 대하듯 하던,
北이 손을 내밀었기 때문입니다

北콘서트 열리는 날
남쪽에 모처럼 北적北적 하겠지요

악마의 얼굴을 보았다

책으로 나와서 이 세상의 책들을 가장 욕되게 한 그 회고록, 도무지 읽히지 않는 왜곡 열전 살짝 봤다가 데었다 하마터면 그 불장난에 오르막을 한참 오르고 있는 소소한 일상들이 모두 태워질 뻔했다 가슴에 결코 진화되지 않을 불이 붙었다 페이지마다 매연 가득한 악몽 공장이다 검은 커튼을 친 창문 앞에 서성이는 활자들이 가쁜 숨을 몰아쉬며 겨우 한발 한발 떼는 오월 어느 오후, 동공 풀린 바람은 빠른 걸음으로 허공에서 허공으로 빠져나가고 멍든 하늘은 구름 한 점 없이 퍼렇게 늘어져 있다 먼 산들은 푸르게 창백해져 있고 나무들은 비탈진 곳에서 위태롭게 서 있는데, 그날 하품처럼 다가온 활자들의 몸을 쓰레기통에 던졌다 어쩌다 활자 뒤로 숨는 악마의 얼굴을 보았다 끝내 폐기처분해야만 하는 수고로움을 감내했지만 세상에서 가장 끔찍한 페이지들, 낚시 바늘에 꿰인 물고기 같은 파닥거림이 일었다.

책의 화형

더 이상 책冊에 신뢰를 보내지 않기로 했다 큰맘 먹고 해독한 이후가 문제였다 네 가슴에 화가 있고, 불이 있고, 원망이 있고, 위염이 있고, 과민성 대장증후군이 있고, 결정적으로 역류성 식도염이 있다 항문을 통한 배설을 점점 잊어 간다 먹어도 먹어도 역류한다 소화되지 않은 날들이 뿜어져 오르는 어느 오후 바람마저 빠른 걸음으로 빠져나갔다 하늘은 구름 한 점 없이 퍼렇게 부어 있고, 발을 떠난 신발은 기절한 채 엎드려 있다 날마다 해독된 글자들은 쓰레기통에 버려졌다 때로는 글자들 잘 넘어가라고 참기름도 한 스푼 부어 넣었다 넘어갔으나 소화가 되지 않은 일상들 속이 뒤틀리더니 모두 토해 버렸다 꽃 같은 세상 기도하지 않기로 했다 해독되지 않은 것들의 군림이 있을 뿐이다 책장은 더 이상 넘어가지 않았다 세상에서 가장 무거운 한 페이지가 놓여 있다 그날 이후 책을 집어 들지 않았다 소화불량의 일상이 목을 타고 넘어왔다

마감 시간

더 머물고 싶은데
오늘, 끝났습니다
내일, 또 올까요
외치는 소리가 들리자마자
초조해졌다
가방을 싸기 시작했다
늘어놓은 마음과 멍과 졸음을
주워 담았다
하품이라는 놈은 기어코 삐져나갔지만

마음대로 잘 담아지는 법은 없다
그러니 그대의 마음까지 담아내는 네게
경배 아닌 경배를 했다

몸은 일어서는 것을 외면한 채
딱딱하게 굳어 버렸다
버팅길수록
경비 아저씨의 목 핏줄은 곤두선다

얼른 나가,
너 때문에 퇴근 못 한다
갈 곳이 없는데
가슴이 마구 뛰었다

무서운 입

혓바닥도 없는 놈이
입을 벌렸다
출렁거리는 호수의
밑바닥 드러날 때까지
마셔 버리겠지만
아껴서
나눠서
쪼개서
들이부었다

캔에 호수를 담았다
어찌나 마셔 보고 싶던지
냉동창고에서 꺼내
뚜껑을 따는 순간
물안개가 피어올랐고
비명이 들려왔다
그리고 호수가 넘쳤다

평생 홍수에 맞닥뜨린 삶,
BTS의 노래 가사처럼
쩔었다.

이런 전쟁 또 있을까

사춘기가 온 자매가 날마다 혈투를 벌인다. 하루도 조용한 날 없다. 직장에서 집으로 돌아가는 길, 근무 여건이 더 열악한 집으로 출근한다. 밤이면 휴식이 있는 삶을 꿈꾸었지만 맹탕이다. 공부 스트레스 심하다며 언니가 피아노를 친다. 그러자 동생이 시끄럽다며 조용하라고 소리를 지른다. 너나 잘해, 고성이 오간다. 피아노가 네 것이냐부터 언어를 진열한다. 그러고 나서 네가 뭔데 피아노 치니 마니 이야기해, 간섭하지 마라며 광분한다. 집 공기가 곤두섰다. 깊게 호흡했다가는 폐가 찢길 듯하다. 오늘의 싸움은 화려했던 지난날의 전투 이력까지 다 끄집어내 융단 폭격이다. 동생은 지지 않겠다며 눈이 뒤집힌 채 대든다. 엄마와 아빠가 지켜봐도 소용없다. 날마다 반복되다 보니, 집으로의 출근은 걱정이 이만저만이 아니다. 성격이 전혀 다른 자매가 한 지붕 아래 공생 실험 중. 얼마나 싸우고 부서져야 할까. 세상에 나가 보면 큰 싸움이 엄청 많다는 것을 알게 될 게다. 힘 있을 때 많이 싸워 둬라. 너희 둘, 영혼이 탈탈 털릴 때까지. 열심히 조종자를 해 줄 터이니. 흥분하지 않고 이성 잃지 않는 그 조종자 말이다. 둘 다 애와 살기 싫어 따로 살고 싶다고 한다. 커서 반드시 따로 살고, 서로 다른 세상 만 들어 보라며 위로를 건넸다.

온기만 남아 있어도
—미간

바람은 둥근 형질을 버려 둔 채
비스듬히 각이 져 있다
오들오들 살 떨릴 만큼
한파가 휘몰아치던 삶
죽음 앞에 놓아둔 마지막 마음까지 얼렸다
아랫니와 윗니 앙다물며 살아왔는데
부조화다
서로 부딪치는 일 외에는 아무것도 할 수 없다니
얼굴 붉히고 미간 찌푸리는 지경이다

눈곱도 떼지 못한 눈으로 보는 세상은
피곤에 찌들어 졸고 있는데
염치없는 추위는 제 영토를 넓힌다
보일러와 히터와 난로까지 켰지만
안온한 꿈은 아직 멀다
심지가 단단한 혹은 고집 불통의 경계에 놓였다

많은 시간들을 태웠으나

그을음을 남기지 않은 일상이었다
포도알처럼 튼실한 하루하루 익혀 내놓았는데
삶의 한파는 그칠 날 없고
얼어붙은 세상은 녹을 기미 없어 시식조차 어렵다

늘 혼자여서 온기 돌 일 없던 삶이었기에
사랑하던 그가 남기고 간 온기에 기대 버팅겨냈지만
차가운 시간들만 쌓여 있는,
움푹 파인 미간에
빙판 위 놓인 하루를 조각해 새겨 놓았는데
습관처럼 입김을 내보냈지만 꿈쩍도 하지 않았다

살면서 피할 수 없는 것들
이별과 눈물과 참회, 모든 아픔들
온기만 남아 있어도
해동을 꿈꿨을 테지만
바람에 지퍼를 단단히 올렸을 뿐이다

철의 노래

철은 강하다
그러나 강하다고 속울음이 없는 것은 아니다
눈물을 끝내 참아내면서 소리 없이 우는 것이다

철은 심지가 곧다
스스로 구부러진 삶을 멀리한다
누군가 강제적으로 건드리지 않는 한 휘어지지 않는
다

철은 불이다
강하게 자극했을 때만 불꽃이 튄다
불을 안고 살면서 한 번도 뜨겁다고 말하지 않는다

철은 단도직입적이다
우회하지 않고 반듯한 일상을 구가한다
감정에 휘둘리지 않기 위해 묵묵히 힘을 주고 있다

이런 철 중에

가장 강하고 단단한 철은
사람이 철들었을 때의 철이라는 것을 뒤늦게 알았다

낡은 운동화

그 운동화 신고
우즈베키스탄 일주했다
중앙아시아 생전 처음 가 봤다
운동화가 큰일 했다
돌아와서 숨 돌릴 틈 없이
형과 형수가 떠났다

다시 운동화가 힘을 냈다

슬픈 삶으로 이끄는 운동화가
돼 버렸다

더 슬퍼지기 전
내달렸다
뒤로 밀려가지 않기 위해
봉인된 슬픔과 맞닥뜨리지 않기 위해
발이 불 나도록 뛰어
우울의 시간을 지워냈다

고요의 방으로 들어가
누웠다

나를 따르던 그림자가
신발을 가지런히 정리했다

뒤꿈치가 닳은 삶이
잠들어 있었다

뒤셀도르프의 그림자

—어느 재독 화가에게 부쳐*

분단된 땅에 살던 그는 1983년 또 다른 분단국 독일로 떠났다 40년 동안 평화와 인권, 민주의 화폭을 일궜다 한국은 독재 플랜이 완성돼 가고 있었다 갑갑하고 환멸감이 가슴을 파고들었다 칼날 위에 선 조국의 삶, 전쟁과 독재, 폭력을 반대했다 그리고 조국의 평화를 염원했다 작품 '승자'와 '가미카제'에 온 마음을 담아 발표했다 예순 넘어서도 조국은 갈피를 잡지 못한 채 허우적댔다 다시 조국을 본다. 부르는 이, 찾는 이 없어도 그는 고국을 부지런히 넘나든다 '윤상원'과 '2016 일기', '검은 하늘 그날' 시리즈 중 하나인 '전일빌딩' 등 오월의 기억들을 일깨운다 세월호 현장인 진도 팽목항도 오간다 그곳에서 칼날 같은 바람이 아물지 않는 상처를 또 새긴다 애들은 돌아오지 않았지만 그는 돌아왔다 궂긴 곳마다 하지 않고 찾아다니며 고국의 날들 리멤버하고 있다 분단에서 분단으로 떠났다가, 분단에서 분단으로 돌아오길 수차례. 하지만 이제는 하나가 된 곳에서 분단으로 왔다가 분단만 실감한 뒤 다시 하나가 된 곳으로 돌아간다. 전일빌딩 작업을 끝냈을 무렵, 독일로 돌아가기 전

광천동 생태탕 집에서 소주 한잔에 칼칼한 국물을 넘겼
다. 목을 쌉쌀하게 휘감는 그 무엇.

* 전남 목포 출생으로 1983년 이후 재독 화가로 활동해 온 정영창
(1957~)을 형상화함. 전일빌딩245 10층에는 1980년 5·18 당시 헬기 사격
등 국가 폭력을 고발한 작가의 '검은 하늘 그날'이라는 작품과 연계된
조형 작품 '민주의 탄환'이 설치돼 있다.

아카시아 이파리

고양이 발바닥이거나 아기 토끼의 귀이거나
앙증맞은 아카시아 이파리,
잎마다 바람과 천둥과 이슬을 안고서
모두 둥근 세상을 꿈꾼다
동그라미를 그리고 있다는 것은 알지 못한 채
모나지 않은 날들을 주기 위해
가는 줄기 하나 꺾어
가위바위보를 한다
이긴 사람이
잎 하나를 중지로 쳐서 떨어뜨릴 때마다
비명은 숨긴 채 무수히 떨어져 나간 삶
어쩌다 한번 얄팍한 잎사귀를 떨어뜨리지 못해
중지가 허공을 가르자
픽 소리가 날 선 칼날처럼 먼저 와 박힌다
순간,
떨어져 나간 이파리가
공중부양의 경지에 이르더니
다시 고요에 접어든다

잎사귀들 모두
듣고 싶은 소리, 듣고 싶지 않은 소리 가리지 않고
바람이 불 때마다 귀를 쫑긋 세우는 것이다

4부

길을 가다 막힌,

길 끝에서 만난 일상

오후의 호수
—풍암*

그 호수에 간다
해가 뉘엿뉘엿 기울어 가는데
어느덧 삶이 먼저 오후에 손 내민다

그날 따분한 일상 훔친다
어딘가 아파 보이는,
축 늘어진 시간이
하루의 곳곳에 놓이는 날

화분에 쏟아붓는 물세례처럼
끼얹어 주고 싶으나
사느라 생긴 상처 덧날까
이것저것 할 수 없더니만

누구랄 것 없이
도심 한가운데
그 호수 간다
잠시 집을 나온 인파들

축 늘어진 시간에
어떤 이는 바람을 입히고
또 어떤 이는 풍경을 입힌다

그 호수,
수많은 사람들 모여
다시 허기진 삶 충전하느라 분주하다

일상 속
잘못 태엽이 감겨진,
시간 풀어
제자리로 돌려놓는,
고장 난 사람들
지금은 수리 중이다

그 호수 돌다
아는 사람 만나면
서로 얼마나 고장 났는가 살핀다

그 호수 돌고
집으로 가는 내내
운전이 즐겁다

버럭,
삶
호수의 물살처럼
잔잔해지는 오후

<hr />

* 1956년 축조된 풍암호수는 광주시 서구 8경 중 한 곳으로 꼽힌다.

오르막길

사는 동안 어디쯤 가고 있을까
뒤를 보면
늘 오르막에 있었다
삶이라는 것이
오르고 또 오르는 일이라
숨이 터져 버릴 만큼 벅차다

밑으로 떨어져 본 사람은 안다
내리막이 얼마나 아득한가를,
어떤 날은
오르막에 있다고 생각했는데
저 아득하게 먼 내리막에 있었다는 것을,
또 다른 어떤 날은
여기서 얼마나 더 내리막에 있어야 하냐며
세상을 구겨 휴지통에 버려야 했다

오르막을 오를 때는
반드시 길을 본다

길이 정상에서 지워졌는지
아니면
선명한 바퀴 자국이 찍혀 있는가를,
그 길을 타고 오르는 사람들 있는가를 본다
아마 오르막이 막히는 그쯤에
누군가
에메랄드빛 하늘을
펼쳐 놓았을 것이다

다만 오르막을 오를 때는
뒤를 쳐다보지 않기로 했다
쳐다보는 것만으로도
삶이 곤두박질칠까 걱정이 들어선다
그래서
그 걱정을 잘게 부수어 만든
벽돌을 쌓아 담을 만들어 둔다

오르막 또 오르고 올라

아래 한번 쳐다볼 힘이 있거든
어디에 기대 숨 몰아쉬며
그득한 곳 쳐다보라
어느새 작아진 세상이 보일 것이니,
그 작아진 세상에
수많은 꿈이 있다는 것을 생각해 볼 일이다
지루할 때쯤
새가 그 생각 끝자락 붙잡고서
수많은 길을 내며
중턱으로 빠르게 날아갈 것이다

오늘도 오르막길 오른다

위장의 미학

머리카락이 하얗다

가령
하얀 세상이면
좋지 않은가

가령
사이 안 좋은 부부가
모처럼 화해하면 좋지 않은가

그런데
머리가 희면 늙었다고
왜 구박하는가

그래서
염색을 했다

어느 화초 앞에서

오늘
아이들은 까치였다

도심 한 사찰
대숲 앞 마당에서
해탈 포기한 까치들이
미물 하나 해치지 마라는 위엄을 잊었나 보다
절간에서 하필 자기들끼리 치열하게 싸우는 거 본 적
있는데
까치이기를 포기한 듯
무진장 쪼아댔다
쪼이는 쪽은
치명적 시간과 대면해야 했을 것이다
까치 설날은 어저께라 했지만
이제 믿지 않기로 했다
아이들이 까치처럼 까칠한 날
그렇게 사납게 크는 중이다

숙제한다면서 휴대폰 삼매경에 빠지고
청결 강박에
셀 수 없을 만큼 빨래통으로 향하는 수건
햇빛이 뜨거워 오후 한낮
그늘에 집을 지어 놓고
밖으로 못 나오는 날 부지기
아이들과 친구처럼 지내려다 보니
수십 배의 인내와 노력까지
마음에 비 안 내리는 날 없다
아이들이 무탈하게 콩나물처럼 자라기를 기다릴밖
에

답답한 일상 속
화원 앞에 잠시 들렀다
별별 화초가 다 있지만
유독 마음이 가는 화초가 있었다 그 앞에서
빨리 커 버려라 이놈들아, 하며
장시간 답답한 기억들을

뺏간

빼냈다가 집어넣다 하듯

무한반복하다

그래도 문득 스치는 생각

크느라 성장통을 앓는 아이들

울고 불며 싸우지 않으면

하루가

가질 않는 날 많아

화초 안스리움* 앞에서

안쓰러움을 다독여야 했다

* 아메리카 열대 지역이 원산지. 플라스틱처럼 보이는 독특하고 화
려한 꽃잎으로 유명하다.

바닥

끝까지 가 보고
바닥났다고 말하라
커피가 바닥을 보여도
생수가 바닥을 보여도
음료가 바닥을 보여도
네 마음의 바닥 보지 않았으니
아쉽지는 않다
발만 고장 나지 않으면
다시 마트로 가서
집어 들면 되지 않는가
그러나
급한 내용 받아쓰다
펜이 나오지 않으면
말[言]들은 성질 급하게 포말처럼
공중으로 흩어진다

바닥을 쓸어 본 사람이면
바닥 이야기 함부로 하지 않는다

이 바닥에 살지만

거짓말
—등산

거짓말 들으려면 산으로 가라
내려올 산 왜 오르냐 하지만
난 거짓말을 듣기 위해 산을 오른다
정상을 오르기 위해
묵직한 숨 몰아쉬며 전진이다
포기할까 싶다가도
한 5분만 가면 된다는 말에
다시 힘을 내 본다
그런데 30분을 가도 정상은 나오지 않았다

되돌아가기에는 너무 멀어진 지상
계속 가야만 하는 산
그 그림자 데리고 내려가는
골짜기 산골물
뒤꽁무니나 쳐다볼 뿐

어느새
오십 넘어선 나는,

하산할 수 없는 삶이 돼 버렸다

간장의 이면

간장에
참기름 몇 방울 떨어뜨리자
간장 종지 한가운데
둥근 달이 떠올랐다

간장은 어둠을 붙잡았고
참기름은 달을 붙잡았다

바로 섞어 보았다
어두운 밤이 고소해졌다

소리 잃은 피아노 방에 머물다

기가 막히게 가족 누군가가 어쩌다 다툴 때
거실에서 TV를 켜 놓고 코를 곤다 세상이 코를 골고
주무시기를 바랐지만 좀체 잠들지 않자 내가 먼저 잠
들었다
한참 눈 감고 세상을 봤다 지지직 달콤한 풍경들이
널려 있었다
다시 눈을 떴을 때는 아내와 큰아이의 말다툼 소리
가
귀에 몇 번이나 튕겨 나온 못처럼 박혔다
뇌의 한가운데까지 박아 놓을 심산인가 보다
쉽게 그치지 않았다 어지간해도 자리를 옮기지 않던
나는
거실 옆 피아노 방으로 피신했다 피아노 소리가 그친
지 오래된
그곳에서 무슨 소리라도 하고 싶어 더 고요 속에 머
문 듯한
피아노 옆에 앉아 콩나물을 정갈하게 다듬듯
언어를 다듬어 놓은 시집을 읽었다

집이라는 나라의 구성원들끼리 혈투를 벌이면

갈 데가 너무 없다 한때 피아노 소리로 가득 찼던 그

곳에서

한 해 가 봐야 자신의 소리를 예닐곱 번 들려줄까 말

까 한

피아노와 기거했다 피아노는 조용하다 소리를 잃은

나처럼,

정신 차리고 보니 시집에는 온갖 소리들이 응고돼

종이에 붙어 있었다

눈을 감으면 그렇게 잘 보이던

세상이

눈을 뜨면 왜 잘 안 보이는 걸까

샤워호스

너는 나와는 달리
좀체 오바이트를 하지 않는다
나는 매일 역겨운 시간을 보내지만

너는 그곳에서 늘 역겨운 나를 씻긴다
어느 날 발가벗은 몸을 부끄러움 없이 드밀 때도
너는 손 없는 물살로 나를 씻겨 줬다

어느 날은 너를 가까이 가져다 댔더니
변함없이 좀 더 힘 있는 손을 내밀었지

그러던 어느 여름날 밤
땀 냄새 아닌, 육수 수준으로 드밀었더니
너는 가는 둥근 몸을 비비 꼬아 버렸지

우연히 역겨운 시간을 나눠 써야만 할 때는
너의 손은 가늘어진 채
흐물흐믈 지쳐 있었지

지난겨울에는
따뜻한 몸이나 녹여 볼 요량으로
너에게 나를 밀어 넣었더니
찬물을 끼얹어 버렸지

그때 알았지
뜨거운 물이나 찬물이나
물 밖으로 몸을 재빨리 빼낸다는 것을

누군가 샤워를 하고 나가면
호스는 지쳐 축 늘어진 채
젖은 몸을 말린다

배수구에는 나간 자의 잔인한 흔적
머리카락이 한가득이다
그걸 들추면 풀과 나무가 솟구치고 올라올 것 같다

물기 하나 없는 은색 주둥이
네 입 속에는 거대한 물줄기가 숨죽이고 있다

5부

너 지친 거니
가슴에 솟구치는 그 무엇

눈 없는 것들 어디로 갔을까

그 무덥던 여름날
찜통에 푹 곤 백숙을 먹다가 드는 생각
무더워 죽겠는데 이 뜨거운 것을 왜 먹고 있는 걸까
신일 선풍기와 대우 서큘레이터로 무더위를 날려 보지만
몸에서 삐질삐질 나오는 땀방울을 어쩌지 못한다
발골하다가 문득 선풍기를 바라본다
꼭 눈이 있는 것 같아
열심히 온 힘을 다해 돌아가는데
바람이 한 방향으로 날아온다
뒤로 가거나 우회하거나 오다가 쉬어 가는 법이 없다
눈도 없는 것이 한 방향으로 잘 간다는 확신
살면서 한 방향으로 가지 않아서 늘 문제가 됐는데
참, 그놈 몸도 없는 것이 눈 달린 것보다 낫다
더운 것이 어디 네 탓이겠냐
가면 돌아오지 않는 너,

그 춥던 겨울날

불 꺼진 방에서 오들오들 떨어 본 사람은

온기 있는 삶이 어떤 의미인가를 알 것이다

늘 따뜻한 삶을 꿈꿨었는데 고장 난 보일러 때문에

바닥에 박스와 신문지를 깔고 두꺼운 이불을 여러 겹
으로

깔고 누워도 방바닥의 찬 기운이

칼끝보다 날카롭게 온몸 파고든다는 것을 잘 알고 있
지

너무 추워 평소 자취가 없던 숨이 호흡을 할 때마다

입에서 하얀 김이 나온다

숨이 구체적 모양이 있다는 것을 이때 처음 알게 되
지

그렇게 춥다는 것이니 빨리 온기를 찾아야 해

낡았지만 구석에 처박힌 세라믹 히터 먼지가 가득하
다

만사 귀찮아 그냥 전기 코드를 꽂자

불이 들어왔다 마치 히터 자신도 추웠다는 듯

또 우연히 히터를 보자 충혈된 빨간 불빛들이

앞으로 번져 나간다
뒤에도 삶이 있다는 것을 쳐다보지 않은 채
그냥 가 버린…

지난여름과 겨울은
눈 없는 것들 데리고 어디로 갔을까

닻
— 첫눈

첫눈이
앙칼지게 내리던 날

닻이 묶였다

살면서 강풍과 폭우, 폭설에 기우뚱
전복될 일 많단다
그런데 아무렇지 않게 학교 갔던
네가,
뼈가 부러졌구나
그 싱싱한 뼈가
그 짧은 시간,
세상 지탱하느라 어지간히 힘들었나 보다
예정에 없이 입원했지

늘 닻이 풀려 기우뚱대던,
나는 회사로 복귀하다가
딸내미 담임으로부터

다급한 목소리의 전화를 받는다
사무실에 일이 몰려 있는데
난파됐다니
겨우 목숨은 건졌다는 전갈이다

어쩌다 닻처럼 묶이지 못한 채
휘청이던 네 시간의 뼈마디들을
MRI로 잘게 잘게 담아낸다
그동안 썩은 동아줄 잡아 왔다는,
검진 결과 나올까 걱정 한가득이다

통깁스를 4주 해야 한다
네 삶은 당분간 휘청일 일 없겠다
여름이라면 온통 삶이 가려웠을 텐데
북극한파 기승부리던 날
참 다행이다
할아버지와 아버지는
늘 지독한 한파에 시달려 왔지만

그때 전화가 다시 울린다
2주 전 고장 난 시간들 데리고
입원했던 할아버지다
치료 중단한 채
미얀마로 의료봉사 간 의사가 돌아왔고,
폐에 가득 찬 물이 빠졌다는 소식
물 빠졌으니
이제 집으로 갈 거란다

눈이 그치지 않아
길이 모두 지워졌는데
닻이 풀렸다

의자의 해석

몸을 기대며 고맙다는 말을 하지 않는 것이 습관이 된 세상입니다. 그것을 놓고 말을 하기 좋아하는 사람들만 넘쳐났지요. 보통은 두 발밖에 없으니 쉬이 지쳤구요. 네발로 살아가는 존재들은 대단해 보였죠. 아무리 뛰어도 따라갈 수 없었습니다. 어느 날은 의자가 구석에 놓여 있길래 얼른 엉덩이를 디밀었습니다. 밀어내지 않고 받아 주길래 싫어하지 않는 줄 알았습니다. 그런데 어디선가 힘들어하는 소리가 귓가를 맴돌았지요. 재빨리 일어나 벽의 장식처럼 기대고 그림자처럼 서서 지켜봤죠. 한낮의 해가 기울면서 늘어졌다가 줄어졌다가 했지만요.

운 좋게 시인이 왔어요. 그는 의자에 온갖 서정과 인문학적 의미와 우리네 삶 빗대 호흡을 불어넣더군요. 의자는 온갖 해석으로 새롭게 태어난 듯 보였지만 실제는 그대로이더군요. 시인이 고개를 갸우뚱하며 나가자 이번에는 의자 수리공이 다가왔습니다. 시인의 뒤통수에 대고 아름답지 않은 말을 늘어놓으며 구시렁거렸죠. 나사 하나가 풀렸는데 그걸 조이면, 흔들리지 않는 삶이 되지 않겠냐, 며 말이에요.

며칠 동안 의자에게는 아무 일이 일어나지 않았습니다. 그러나 큰일이 났습니다. 할머니 한 분이 오셨어요. 고장 난 몸 디밀며 힘겨운 소리를 내고는 털썩 주저앉았습니다. 온 평생 털썩 주저앉을 일 너무 많았기에, 의자는 다른 날보다 조심스럽게 네발에 힘을 주고 버팅겼습니다. 그냥 살포시 앉으면 버팅길 만하지만 축 처진 몸이 엄청 무거운 것처럼, 걸터앉은 몸은 물먹은 솜 같았죠. 할머니는 거친 숨만 내쉬었을 뿐 다른 말 한마디 하지 않았어요. 삐쩍 마른 듯했지만 세상에서 가장 무거웠지요.

할머니가 가자 중년의 한 남성이 이른 대낮에 술을 한잔 걸치고 와 엉덩이를 붙였습니다. 그의 호흡이 느껴졌죠. 많이 지쳐 있었어요. 그러면서 한편으로는 세상에 대한 원망이 있는 듯하더군요. 그런데 무력감이 전해져 왔죠. 한참을 졸다가 일어나 골목으로 사라졌습니다.

마지막으로 아이가 와서 앉았는데 뱅글뱅글 돌리며 웃기만 했습니다. 쓰러질 듯 기우뚱하거나 많이 어지러

웠지만 흔들린 내색 할 수 없었습니다. 아이는 말을 안 했지만 의자야 고마워, 하며 갔어요. 그 뒷모습을 한참 동안 멍하니 바라볼 뿐이었습니다.

봄에 드는 생각

꽃은 날지 않지만
벌과 나비와 새를 불러들인다

꽃은 별별 하늘의 속을 안다
늘 희고 붉은, 노란 얼굴을
바람이 붓을 들고 칠해 놓았지

새처럼 날아가지 않은 것은
겨우내 끙끙 앓던 지상이
회색빛 아픈 얼굴을 하고 있어서
그에게 꽃그늘이라도 주고 싶어서였지

꽃들이 공중으로만 날아가면
지상에는 각박해진 사람들과
그들의 언어만 남을 테니까

신이 인간에게 해와 달을 보낸 것은
눈을 떠야 할 때와

눈을 감아야 할 때를 알려 주기 위함이지

그들은 모두 둥근 얼굴을 하고 있었고
둥근 삶을 둥글게 굴려 가며 가는 삶
결코 절벽으로 구르지는 않았어
사람과 나무에는 직선의 삶을 주었지만

하늘에는
맑고 흐린, 시커멓고 어두운,
칠흑 같은 것들이 넘쳐났고,
때로는 나뭇가지에 걸린 태양
만지작거리다
뜨겁게 산 게 부끄러운 것이 아니고
누가 볼까 봐 구름으로 살짝 덮어 놓았지

칠흑 같은 밤
새벽녘 어둠을 파내서
그 안에 들어가 더럽혀진 몸을 씻어내는,

달과 별들
늘 졸린 눈으로 마주쳤지

꽃들이
내 우울의 샘을 파 놓고
그 안에서 노닐다 가면
한낮의, 한밤의 온갖 상념들이
출렁거려 넘쳤고
비로소 때처럼 끼어 있는, 졸린 세상이 벗겨져 나갔지

봄은 강직과 고요를 다 가졌다는 생각
그 봄이 건네 온 것은
달처럼 기울어져 가는 오후의 삶

시계

시간이 계속 흘러간다

하루 종일 지켜봤지만
제자리를 돌고 있다

째깍째깍

목쉰 소리마저 졸고 있다

열대야

태초부터 근무했으니
장기근속 맞지만
바람의 근무태만 아니겠는가
너처럼 지친 거지

일상의 기록
―사춘기 아이에 대하여

너무 신경 쓰지 말아요

바다의 파도도
강가의 물살도
매일 새롭게
일어나는 것처럼

아이들도
어제의 아이가 아니고,
오늘
새로운 아이들이 내게 왔다
생각하고
이 시기를 잘 지나가 보게요

그렇게 드세던 바람도, 폭우도, 폭설도
기다리다 보면
반드시 잦아드는 법

당분간 당신 삶의 행낭에는
약봉지 가득 차겠지만
삐딱해진 아이들의 마음을
주워 담는 것만 생각해요

난을 키우며

난을 키우는 일은
일관된 생각을 키우는 것 아닐까

잘 키우겠다고 받은 난, 백발백중 죽였다
부지런하지 않은 것보다는
다른 곳만 쳐다보며 살고
네게 눈길 한번 안 줬으니까
끝은 말하지 않아도 알 일
문제는 근성이다

내 마음속
수많은 씨앗들 파종해 본 적 없으니
무엇을 가져다줘도
죄다 말려 죽이는 것이다

마르면서 죽어 간다는 것의 의미를 알기는 하나

단 한 번이라도 살려 본 적 있다면

난 트라우마가 생기지 않았을 텐데
그러면서 또 난 화분 두 개를 분양받았다
늘 일을 벌일 때는 어떻게 될 줄 모르니 용감한 법
푸르른 식물로 왔다가 낯선 운석으로 나갈 운명이다
탕비실 안 놓인 화분 두 개
공기가 차갑다

어느 날 화원으로 실려 갔다
푸른 생각 다시 돌아올까

바람 빠지는 일

어머니의 몸에서
바람이 빠져나갔다

어머니의 바람은 묵살됐고
자식들의 바람만 넘쳐났다

허리가 꺾이고
손이 구부정해진 이유
여태 모르는가

손도, 발도 없는 것이
어느 날 창문에서 흑흑흑 울 때
따라 울었다
어쩌다 한번 가슴이 뚫리기는 했다

뜨거워 상처 입고 삐쩍 마른 일상들

어머니에게

남겨진 유일한 바람,
통풍痛風

바람 빠져 버린 날들과
바람 든 날들만 남아 있다는 것,
풍선과 무 영락없다

어머니는
늘 둥근 시간 사느라 지치신 걸까
엎질러진 물처럼 축 늘어진,
하품 들키고도 잠아뗀다

가족이라는 푸른 이름 앞에서
까끌까끌하지 않은 것
모두 자식에게 내어 주고,
통통 부어오른 시간 맞는다

어느 날

밤늦게 전화가 울린다

아가, 바람 많이 분다
창문 꽉 닫고 자라

순간
가슴에 그 뜨거운 것이 솟구쳤다

거짓말
—Web 발신

예민하게 동공이 커진다
너무 많은 것들 보아 온 눈
없던 집중력까지 불러내
차분하게 품목들 뚫어져라 본다
일순간 생각까지 멈춰 세운다

* 광어회 1접시—11,800원

* 연어회 1접시—12,800원

* 대하 1팩—8,500원

* 전복 7마리—10,000원

* 생삼겹 100g—1,580원

* 한우 국거리 100g—3,780원

* 딸기 1박스—14,800원

* 조생귤 1박스—9,800원

* 부사 1봉지—5,900원

* 햇달걀 30구—3,300원

* 명품왕란 30구—3,900원

* 참꿀유자차 1kg—4,250원

무료수신거부 1234567890 MMS 오전 10:15

저렴하게 살지 않을 것과

손해 보는 할인 하지 않을 것,

그리고 내 삶을 결코 떨이하지 않을 것 생각하며

비싸게 구는 것들, 그 맛없는 것들

모두 무료수신거부를 눌러 줘야 했다

새로운 삶의 방식을 모방하는 일

이병국(시인)

삶의 향방을 우리는 알 수 있을까. 고선주 시인의
네 번째 시집『그늘마저 나간 집으로 갔다』를 읽고 난
자리에서 독자가 마주해야 하는 질문이 있다면 그것
은 우리 삶의 상처와 결핍을 치유할 가능성을 어떻게
모색할 수 있는가인지도 모르겠다. 이는 삶이 지향하
는 어떤 방향성을 통해 궁구해 볼 수 있을 테지만, 고
선주 시인의 시가 언어화한 삶의 양태는 좌절과 절망
속에서 굴절된 정서적 풍경만큼이나 무겁기만 하여
향방은커녕 스스로를 돌보는 마음을 붙잡기에도 버
거운 것이 사실이다. 그렇다고 우리의 삶이 세속적 욕
망에 찌들어 현실적인 삶과 괴리된 허위를 사는 것이
아님에도 그저 남들처럼, 혹은 남들만큼 살 수 있기를
바라는 마음마저 충족하기 어렵기만 하다. 이러한 간
극을 경험해야 하는 상황은 지금 이곳의 개인이 세계
로부터 얼마나 이탈되어 있는지를 분명하게 드러낸다.
'시인의 말'에서 언급하였듯이 "삶이/물먹은 솜뭉치
처럼/제 무게에 가라앉던 날"의 심란함으로 자신의 현

실을 재현하는 시인의 시적 진술들은 외적 현실과 시적 주체의 내면이 갈등하는 삶의 스산한 풍경을 여실히 보여 준다. 어찌 보면 지극히 고백적인 언술들로 채워져 있는 것 같지만 자기 삶의 이력과 일상적 경험 그리고 그로부터 야기된 정서적 양태의 변화는 서정시가 지닌 주관성에서 보편적 정동으로 확장되어 맥락화된다. 이는 알다시피 서정시의 본질로 개인의 상처를 드러내 공명하게 함으로써 세계가 강제하는 부조리를 깨닫게 하는 것으로 이어진다. 시적 주체가 "다람쥐 쳇바퀴처럼 돌아가는,/나의 일상은 늘 암전 천지"라고 진술하면서도 불편한 몸을 이끌고 회사에 나가 "일을 밀어붙여야"(「편도선 유감」) 하는 이유도 단지 개인의 불가피한 일상을 고백하고자 함이 아니라 자본주의를 체화한 피로사회의 양상을 내면화한 개인의 부조리함을 드러내는 데 있다.

이러한 점을 간과한다면 시가 자칫 자신의 처지를 비관하는 감정적 언술로 치부될 위험이 있는 것도 사실이다. 이는 서정이 지닌 익숙함과 이해 가능한 세계로 회귀하여 사유하려는 안정에의 욕망에서 비롯된다. 그러나 서정은 인간의 정서만을 대상으로 하는 것이 아니라 그것을 야기하는 세계를 향해 언어화된다는 점을 고려해야 한다. 서정의 익숙함과 안정은 역설

적으로 삶의 익숙함과 안정을 불가능하게 하는 것에 대한 사유와 그것을 묘파하는 데에서 비롯된다. "늘 직선을 그으며 살아왔"지만 그것이 삶의 올바른 방향이 아님을 깨닫는 것은 춘설헌에서 무등을 바라보며 "서로 밀고 당기며 가는 저 능선들//곡선이 아스라이 흘러내"(「무등의 화가」)리는 것을 감각하면서부터다. 목표를 향해 직선으로 나아가야 한다고 배워 왔고 그 것만이 성취로 간주되는 세계의 요청을 거부하기란 어려운 일이다. 신자유주의적 성과 주체를 요구하는 사회에서 남과 더불어 곁을 나누며 어우러지는 곡선의 삶은 우리가 지향하고자 하는 삶은 될지언정 현실적 심상지리에는 자리할 수 없기 때문이다. 고선주 시인이 시로 언어화하여 펼쳐 보이는 서정은 이 불편한 간극을 인지하게 하여 우리 삶의 균열을 보편적 공감의 영역에서 가시화하는 데 의의를 지닌다.

모두들 흔들리지 마라고만 말하네
누군들 흔들리고 싶은 사람 있을까
지금까지의 삶은
세상으로 인해 흔들렸다기보다
내 안의 무언가가 나를 흔들었기 때문이다

물여울이 일면

그 파장이 삽시간에 주변으로 퍼지는 것처럼

삶의 파동들은 자주

나를 심하게 흔들어댄 것 아닐까

(……)

집 밖에서는

흔들거리지 않기 위해 온 힘으로 버팅기고,

집으로 돌아와서는

드라이버로 나사를 풀듯

조였던 나를 푸는 것이다

눈을 감았는데도

흔들거리며 오히려 중심을 잡아 간다

— 「안락의자」 부분

　　인용한 「안락의자」는 '안락의자'가 지닌 속성에 감
응한 시적 주체의 존재론에 닿아 있다. 안락의자가 흔
들리면서도 넘어지지 않고 중심을 잡는 속성이 있는
것처럼 시적 주체 역시 "내 안의 무언가가 나를 흔들"
지만 그 흔들림에 쓰러지지 않고 그것을 향유하며 중

심을 잡고자 한다. "집 밖에서는/흔들거리지 않기 위해 온 힘으로 버팅기"지만, "집으로 돌아와서는" 버티던 자신을 풀어내어 흔들리면 흔들리는 대로 자신을 맡긴다. 세계의 요구로부터 흔들리지 않기 위해 자신을 옭아매던 긴장을 집에서는 풀어내곤 안락의자에 앉아 흔들거림 속에 자신을 둔다. 시적 주체는 "지금까지의 삶은/세상으로 인해 흔들렸다기보다/내 안의 무언가가 나를 흔들었"다고 말하지만, 이는 사실 피투彼投된 존재가 자신의 존재 의의를 향해 기투企投하려는 의지와 맞닿아 있다. 세계에 던져진 채 흔들리는 존재임을 망각하고 "싸워 이겨야 했던 지난 시간들"에 매몰되어 버티는 삶의 끝에는 "심한 내상을 입"은 자신만이 존재한다(「잠의 접시」). 어쩌면 이것이 직선적인 삶의 양태인지도 모를 일이다. 그러나 곡선의 삶을 인지한 주체에게 요구되는 것은 싸워 이기려는 것이나 흔들리지 않게 버티는 행위가 아니라 흔들림을 받아들이며 그로부터 유연하게 중심을 잡는 데 있다고 시인은 말한다.

미로에서 길을 잃고 "잘 잃었다고"(「초긍정의 힘」) 자신을 칭찬하는 행위처럼, "출렁출렁 구불구불/몸은 구토가 일고 머리는 어지럼"(「햇빛 꼬집다」)더라도 그렇게 삶이 흘러가도록 부러 놓아두는 일이 필요한 것인지도 모른다. 피투된 존재가 실존의 부조리함에 처해 있다고 해서 기투하는 일을 포기할 수 없는 것처럼, 삶의 방향이 구체적으로 제시될 필요도 없으며 그저 흔들리는 대로 흘러가는 대로 스스로를 긍정하는 일을 수행할 이유가 여기에 있다. 해탈문을 아무리 넘나들어도 "욕망의 두께가 얇아지지 않"는 것을 "상·관·없·다"고 받아들이는 전환적 태도가 중요한 것이다(「해탈문 앞에서」). 그것이야말로 세계의 강제로부터 자신을 상실하지 않는 삶의 태도일 테니 말이다.

그럼에도 이와 같은 인식의 전환과 그것을 삶의 태도로 수용하고 수행하는 일이 어려운 이유는 '안락의 자'를 놓을 집의 부재에 있다. 고선주 시인의 시편 중 상당수가 집의 부재를 그리고 있다. 표제인 「그늘마저 나간 집으로 갔다」에서 알 수 있듯이 집은 당장의 처소로 기능하지 않는 폐허화된 과거와 기억 속 장소로 재현된다. 그리고 이를 전유하여 '나'의 현재를 시의 집에 새겨 넣는다. 미화된 추억과 황폐한 현실로 인해 상충되는 감정이 얽혀 시의 집에서 의미화되며 그곳에서 시적 주체는 "폐가처럼 버려지고 싶던 내가/이 명패를 넘어가 막 떠나려던 그늘을 억지로 붙잡아 두고 술 한잔하며,/버려진 이불이 전부인 빈집에 머"물러 "빈 꿈을 꾸고는 개운해졌다"고 한다. '나'의 존재

의미는 폐가와 빈집, 그리고 빈 꿈으로 연결되며 '나'에게 개운함을 선사하는데 이는 어떠한 가치도 지니지 못한 텅 빈 존재로서의 자기를 인식하는 한편에서 참혹함을 부정하지 않음으로써 전복의 가능성을 표출한다. 물론 "있어야 할, 작고 소중한 것들이 일거에 흔적 없이 사라"지고 "점점 기억에서 매몰"(「그 집」)되기도 하며 "위태로운 삶이 기거할 듯싶지만 한없이 살가운" 환대로 "움푹움푹 파인 삶"(「기억에서 매몰되던 그 집」)을 보듬기도 하는 집은 현존하지 않는다. 그러나 한때 실재했던 '그 집'은 살아왔던 그리고 살아가게 될 수많은 집을 전유한 헤테로토피아로서의 장소성을 환기하기 때문에 일종의 반反공간이 되어 현실의 피폐함을 투사하는 한편에서 그것에 대한 이의 제기 공간으로 세계의 본질을 되묻는 기능을 수행한다. 세계로부터 타자화된 주체를 환대하고 그로 하여금 주체가 자신의 자리를 내어 받음으로써 주체가 될 수 있도록 돕는 공간인 집은 존재가 마땅히 누려야 하는 삶의 유비라 할 수 있다.

한파를 점점 닮아 가는 날들
봄날이 한발씩 멀어지는 중년
누우면 다 집인 줄 알았으나

앞이 보이지 않는 동굴이다

식어 버린 밥처럼 식감이 없는

오후의 시간

적당히 실패한 어제의 나는

오늘의 나를 밀며

내일의 나를 향하지만

실상 그 자리 그대로인 삶

살아지지 않는 집에는

언제부터인가

살아지지 않는 삶이 기거하고 있다

이제

집이 없어도 집으로 가야 하고

집이 있어도 집으로 가야 한다

같은 집인데

너무 다른 세상

오늘도

집으로 가는 중

당도할 수 없는 그 집

—「집으로 가는 중」 부분

고선주 시인에게 집은 "등산을 하다시피 오르고 또

올라야"(「집 없는 집에서 살던 날의 단상」)만 겨우 당도할 수 있으며 그 와중에 "가파른 삶을 끌고 올라야/만날 수 있는"(「암자에 오르다」) 곳이다. 이러한 인식은 아마도 유년의 기억과 젊은 시절의 지난한 삶의 과정을 경험한 실제적 집에 기반을 둔 '허기진 조망'의 장소이면서 "비좁고 불편했던,/가난만 들여놓았던 옛집"(「그 집에서는 잠만 불러들였지」)의 풍경으로 각인된 장소였기 때문에 비롯된 정동으로 말미암는다. 그런 점에서 일반적으로 휴식의 공간이자 재충전의 사적 장소인 집은 상징적 질서를 내면화한 상상적 공간일 뿐 실상에선 존재할 수 없는 것인지도 모른다. 그렇기 때문에 상상의 집은 "한파를 점점 닮아 가는 날들"을 살아가는 "중년"의 삶을 보듬어 주기보다는 오히려 "앞이 보이지 않는 동굴"로 자리매김하며 "그 자리 그대로인 삶"을 차갑게 감각하게 한다. "살아지지 않는 집"에서 "살아지지 않는 삶이 기거하고 있"음을 수용해야만 하는 것이 우리가 경험하는 현실일 수도 있겠다. 마치 "지붕도, 창문도 없"이 "십 초도 못 머무르고 빼야"(「야구장에서 집을 생각한다」) 하는 홈 플레이트처럼 말이다.

그럼에도 시인은 '집'으로 간다. "집이 없어도 집으로 가야 하고/집이 있어도 집으로 가야 한다"고 한다.

어쩌면 이때의 '집'은 삶의 끝에 놓인 죽음에 닿아 있는 것인지도 모른다. 잠시 머물렀다 떠나야 하는 홈플레이트의 은유가 그렇듯 집으로 간다는 것은 과거의 흙집을 지나 "잘나간다는 건설회사가 지은 아파트"를 거쳐 "뜨거운 고행 끝 지어진 영혼의 집"(「장작불이 짓는 집」)으로 향하는 노정일 수도 있다. "내달리기만 하는 삶"(「빠른 집」)을 강요하는 세계에 순응하며 사는 것은 존재의 부조리를 내면화한 채 "당도할 수 없는 그 집"을 앓는 현대인의 징후적 양태인지도 모를 일이다. 그러나 앞에서도 언급했듯 헤테로토피아로서의 집을 상기해 보면 집은 현실 세계에 대한 이의 제기라는 층위에서 사유되어야 한다. 헤테로토피아의 실재성은 장소 바깥의 장소로 현실 세계에 실재하는 공간의 열림과 닫힘을 모두 포함하고 있다는 데 있다. 집이 헤테로토피아의 실재성을 지닌 반공간의 역할을 수행한다고 할 때 그것은 집 이외의 모든 장소들에 맞서서 그것을 중화시키고 정화시키는 장소가 되어 죽음까지도 전유한 삶의 또 다른 가능성을 모색하도록 이끄는 힘을 발견케 한다. 이는 "갯벌에 지어진 수많은 집들에서/마음으로 지어진 집이/얼마나 강하고 아늑한가를 되뇌"(「아늑한 집」)도록 하는 힘을 삶의 위안으로 삼아 "오르고 또 오르는 일"(「오르막길_」)을 지속할 수 있도록 한다.

바람은 둥근 형질을 버려 둔 채
비스듬히 각이 져 있다
오들오들 살 떨릴 만큼
한파가 휘몰아치던 삶
죽음 앞에 놓아둔 마지막 마음까지 얼렸다
아랫니와 윗니 앙다물며 살아왔는데
부조화다
서로 부딪치는 일 외에는 아무것도 할 수 없다니
얼굴 붉히고 미간 찌푸리는 지경이다

(······)

많은 시간들을 태웠으나
그을음을 남기지 않은 일상이었다
포도알처럼 튼실한 하루하루 익혀 내놓았는데
삶의 한파는 그칠 날 없고
얼어붙은 세상은 녹을 기미 없어 시식조차 어렵다

(······)

살면서 피할 수 없는 것들

이별과 눈물과 참회, 모든 아픔들

온기만 남아 있어도

해동을 꿈꿨을 테지만

바람에 지퍼를 단단히 올렸을 뿐이다

　　　　　　　　　—「온기만 남아 있어도」 부분

　인용한 「온기만 남아 있어도」는 전체적으로 존재의
양태에 대한 부정적 어조로 채워졌다. 위안을 구할 수
없을 만큼 "삶의 한파는 그칠 날 없고/얼어붙은 세상
은 녹을 기미"가 없다. 존재의 처소가 되어 줄 집의 부
재가 주체로 하여금 부정적 자리에 놓이게 하는 것도
있겠으나 위안의 장소를 구할 수 없도록 하는 세계의
부조리가 한 줌의 온기마저 앗아 가는 것인지도 모른
다. 폭력의 주체이면서 반성할 줄도 모르고 회고록을
써 피해자는 물론이거니와 "이 세상의 책들을 가장
욕되게"(「악마의 얼굴을 보았다」) 하는 악마의 얼굴
을 한 저 기만적 존재들이 여전한 세계. 아무리 "아랫
니와 윗니 앙다물며 살아"도 "부조화"만을 경험하게
하는 저 세계에서 "얼굴 붉히고 미간 찌푸리"지 않을
도리가 없는 것이다. 그러니 "얼어붙은 세상"에서 "살
면서 피할 수 없는 것들"의 "해동을 꿈"꾼다 해도 남아

있는 온기가 없으니 할 수 있는 일이라곤 "지퍼를 단단히 올"리는 것뿐이다. 그러나 이 행위를 그저 스스로를 지키기 위한 수동적 행위로만 볼 수는 없다. 오히려 부정적 세계로부터 자신을 보호하고 내 몸의 미약한 온기라도 모아 다음을 모색하기 위한 능동적 수행이라 보는 것이 옳다. 또한 이러한 수행은 '나'의 본질을 잃지 않기 위해 "포도알처럼 튼실한 하루하루"를 쌓아 가는 일상을 충실히 이어 가겠다는 다짐을 환기한다. 이는 바닥에서 오르막을 오르는 구체적 행위와 정동으로 이어져 삶을 지속하는 윤리로 작동하게 되는 것이다.

끝까지 가 보고
바닥났다고 말하라
(……)

바닥을 쓸어 본 사람이면
바닥 이야기 함부로 하지 않는다
이 바닥에 살지만

— 「바닥」 부분

오르막 또 오르고 올라

아래 한번 쳐다볼 힘이 있거든

어디에 기대 숨 몰아쉬며

그득한 곳 쳐다보라

어느새 작아진 세상이 보일 것이니,

그 작아진 세상에

수많은 꿈이 있다는 것을 생각해 볼 일이다

　　　　　　　　　　—「오르막길」 부분

"끝까지 가 보고/바닥났다고 말하라"는 진술은 "바닥을 쓸어 본 사람이면/바닥 이야기 함부로 하지 않는다"는 구절로 이어진다. 부정적 현실을 함부로 재단하지 않으며 그것을 절망의 지표로 삼지 않으려는 시인의 태도가 이 시에서 여실히 느껴진다. 이러한 바닥의 윤리는 오르막을 오르는 구체적 행위로 이어져 "아래 한번 쳐다볼 힘이 있거든/어디에 기대 숨 몰아쉬며/그득한 곳 쳐다보라"고 한다. 그 순간 우리가 마주한 세계는 거대하고 폭력적이기만 하지는 않을 것이다. 충실한 삶의 여정 속에서 바라본 세계는 주체를 억압하는 대타자가 아니라 "수많은 꿈"이 모여 만든 삶의 현장으로 감각되기 때문이다. 삶에의 긍정은 부정을 부정하지 않는 것, 그리고 부정으로 말미암아 현실을 포기하지 않는 마음에 있다. 이것이 삶의 윤리가 되어 새로운 삶의 방식을 향해 "수많은 길을 내며" 나아갈 수 있게 한다. 새로운 삶의 방식을 사유하고 탈주의 형식을 만들어내며 그것을 능동적인 행위 역량으로 증대시키는 데 기여한다는 들뢰즈의 윤리학이 떠오르는 지점이다.

자신을 온전히 받쳐 주는 의자에게 "몸을 기대며 고맙다는 말을 하지 않는 것이 습관이 된 세상"에서 아이의 마음으로 "의자야 고마워"(「의자의 해석」)라고 전하는 마음이 존재를 지탱하는 힘이 된다는 것을 우리는 안다. 고선주 시인의 시적 윤리는 단지 삶의 내력을 고백하며 그로부터 주관적인 아픔에 무조건적인 공감을 강요하는 데 있지 않다. 시인은 집의 부재 혹은 상실의 정동으로부터 길어 올린 시적 주체의 삶이 개인의 특수하고 고유한 경험이 아니라 상호주관적인 경험에 근거한 보편적이고 실존적인 사건으로 확장되기를 희망한다. 그리고 그것이 강력한 정서적 공명이 되어 우리에게 울림을 가져다주는 한편, 비록 고단할지언정 포기하지 않고 지속되는 삶으로 이어지길 요청한다.

고선주 시인에게 시는 "내 삶을 결코 떨이하지 않을 것"(「거짓말」)을 다짐하며 거짓되고 부조리한 세계를 거부하면서 '나'를 지켜 나가는 수행이다. 시인의 시적 수행이 이루어낼 삶의 향방을 따르며 새로운 삶의 방식을 모색하는 일이야말로 부재한 집의 부정성으로부터 삶을 지켜낼 하나의 가능성이 아닐까. 이러한 가능성 속에서 우리 삶의 향방을 찾아 한 걸음 더 내디뎌 보아야 할 때이다.

그늘마저 나간 집으로 갔다
2023년 1월 9일 1판 1쇄 펴냄

지은이   고선주
펴낸이   김성규
편집   김안녕 김도현
디자인   신아영
펴낸곳   걷는사람
주소   서울 마포구 월드컵로16길 51 서교자이빌 304호
전화   02 323 2602
팩스   02 323 2603
등록   2016년 11월 18일 제25100-2016-000083호

ISBN 979-11-92333-57-1 04810
ISBN 979-11-89128-01-2 (세트)